청어詩人選 271

적막 위에 핀
바람꽃

유영희 시집

마음이 가는 대로 살다보면
고통이 끝나는 시간 오려니
바람, 바람이 분다
적막 위에 핀 바람꽃

청어

바라보다 30호 정방 Oil on Canvas 2006

노오랗게 물든
들깨밭이
강아지풀과 함께
흔들리고 있다
살기에 우여곡절이 필수인 듯
빙그레 웃고 있다
불광불급

푸른빛 환희로
시작되었다
초록으로 난 산길을
걷다가
백팔번뇌를 보았다
우연을 입은 필연이었나
꿈을 꾼 듯

차례

제2부

제3부

제4부

해설

마음 가는 데로 6F Mixed Media 2020

제1부

길을 걷다가·1

푸른빛 환희로
시작되었다
초록으로 난 산길을
걷다가
백팔번뇌를 보았다
우연을 입은 필연이었나
꿈을 꾼 듯

방울소리

멀고 먼 방울소리
바람인양 숨었다 나타났다
나타났다 숨어버린 새벽
달빛은 구름 속에 흐르다
기다려도 오지 않는 방울
소리, 들린다

갈망

물 마른
빈 항아리에
잘려진 나무
탈진하듯 세우고
점멸하는
그대 향해
두 손을 모았다

삶의 길목에서

사랑받기도
사랑하기도 힘겨운
한세상 살기란
저녁 들판을 올리는
소울음 같은 것

더 이상은 아닐 듯

모세의 광야다
큰 마음
감자옹심이
벌목
정답이 없는
새벽을 깨는 소리
나비 나풀댄다
풀향기 사르르
내가 다닌 그 길은
자전 공전 글쎄 축
부대끼며 살기가
적막,
고요,
앞길 보기도
두런거린다
아른하다

착각

바다인 줄
강물일까
실개천이라도 되는 줄
알았는데
우물 속 별이더라
광야를 달리듯
들노루마냥
장미정원
대문밖에
살그머니 내민 한 송이
숨을 멈춘 듯
멀리 바라보고 있다

고요

솔향
산은 동서로
개울물
신선하다
타고난 DNA
막을 수 없을,
풀어헤쳐보다
흑나비 고고한 듯
살며시
날아오른다
소리치다

슬픈 듯

삭은 홍어 맛일까
누가 가시밭길
다니라고 말한 적 없다
소금 친 미꾸라지마냥
무거운 짐 지라고
하지 않았다
자유롭고 싶다고 했다
실은 그냥 슬픈 듯

거울

마른 물감
소금물로 녹이고 있다
누군가 울고 있다
참 고단한 듯
걸어가고 있다
마하트마 간디
흔들림은 없을 듯

모를 일

죽어보면 알까
뼛가루 빻아보면 알까
영면 하셨다고 한다
혼돈이다
어디서 왔다가
어디로 가느냐고
말들 많지만
보고 듣고 느끼고
가고 싶은 대로 가는 듯

이사

숨쉬고먹고자고싸는일이다
별일아닌일로목숨걸고있다
뭐꼬발광하고있다참지랄이다이사명상중취미로하는일

노란십자가

미술치료
겨울연지
빛내리쬐다
하늘과대지
합궁이다
앤디워홀
노란십자가
아이와순대국밥
두렵다
어렵사리
견뎌온세월
휴
참
용하게
살았다는생각
걱정마라
바람분다
뛰논다

병주고약주는

거듭나다 허무 시간대비 이탈 옭아매다
만남 그 언저리 햇살 하염없이 연락오다
일상 바람 저렇게 흔드는데
사금파리 빛나다 바람 되어 어디론가 가는
길을 잃은 듯 애써 찾은 평정 산산조각
멍청하니 주저앉는다 가는 곳 어딜까
가늠키 어려운 모른다 아침햇살 반짝이는
거미줄 보고 있다 돌을새김 기둥 말이다

살어리

시작의 바탕은
절망일까
가난한 눈짓으로
참담한 실상
도발적인 듯
씻은 듯 흰빛이다
쟁쟁한 시간
태초로 숨쉬는
갈증이며 샘물인 나
춤추고 노래하다
움직이는 건
거룩하리니
리듬으로 탄력 얻다
살어리
살어리

지름길no

무슨생각으로
바쁘게
윤회의사슬
다행인 듯
다짐조차도
허무한
서성거리다
밀기엔암담한
밀물같은울음
끝이없다
누가울기에좋겠다
이가을
개펄게들바쁘다
능력부족인 듯
살아있는동안
어리석어라
업이다
누구를그릴힘없는밤
견뎌내는

어떤 신명

공작새꼬리
소소한행복
절망뒤무지개뜨는듯
눈에보이는허튼짓
찾고있다무한
이만큼일까
멈추지않을듯
스스로일으키는
마음흔적바라기
만번생각
그저묵묵히나려
최고로만드는
휘둘림의연민
기기묘묘
불안날려라
나를아는
타고난기질
질펀하게
품어내는일상
한바탕춤을추듯

환장할 가락

언뜻언뜻
나래치는
헛것같은노래
만장으로펄럭인다
나없이
바람일수없는
그런일상
노래보다는
갈매기울음같은
돌아보지말아라
먼데가있는
누구의울음소리와
만나야하리
하염없이내린다
넋을놓는다는것
무엇인가
더바랄나위없다
먼산고요한듯

극종

가족생채기
알수없는소리
본능
인연고리
눈물도터지지않는
어쩜
항칠하듯
침한번꿀꺽
고래고래목이붓다
노오란슬픔
햇살바람
눈뜨다
새는맨발바닥
울고있는
저하늘
요령소리
아이묻는다
운명적인 것
아리아리랑

바람소리

바람이라고
우연히
살짝이란말
알지
거울앞에있다는
인식
믿기지않아
왠지서운한
훌쩍넘어
모르는척
침묵으로가는
울림
진실
높은산
떠돌다
무엇
초가을비내리던날
바람소리

토화분

새오룬오리무중잡힐듯
일종의허상움켜쥐다
일상영역미약울림암시빛산책
빨간토화분에담쟁이오른다

모순의 향기

그대 슬픔은 현정사 새소리
너머에서 온다
둔해진 안면 사이,
기다려도 오지 않는 새벽은 절정이다
수몰지 들꽃이 귓전에 와 머물면
바람소리 한창이다
단비마저 슬피 들리는 그곳
낮잠 자다 깬 아이마냥
그대 길 잃은 표정은, 참
혹독한 모순의 향기다

해탈, 아니

연꽃은
금방이라도 공중부양할 기세
글쎄, 바람과 춤사위 고르며
해탈, 아니 해탈의
꽃이 피다, 향기가 바람에 나부끼다

누굴 천치로 아나

a 다음 b
그렇구나

b 앞에 a
그렇잖아

a 다음 b라 했지
그래
누굴 바보로 아나

b 앞에는 뭐라더라
에이
으라차차차찻

길을 걷다가·2

까만 빌로드 하늘을 덮는 순간
날개 달고 하얀 자유를 만나게 되는지
쌍무지개 뜨는 언덕을 꿈꾸며 가는 이 길은
산 너머 살고 있는 파랑새 이야기일까

LiFE story-누드 6F Mixed Media 2015

제2부

바라보다·1

구름

창밖의 나무

흔들리다가도

오늘은 고요히 가는 밤

아득한 사람 아득한 슬픔

바라보다

흔적

강아지풀 갈대마냥 흔들리는 여름밤
하루 종일 뙤약볕에 풀죽었다가
밤바람에 고개 살랑 살아나고
구름 비킨 달, 잔잔한 강물 따라 은은한 몸놀림
지향 잃은 밤기러기 가로등 불빛 속으로
오늘도 둔한 몸 헛발질 위태하게
피에로 춤사위 고른다
허덕이며 다다른 인연의 교차로
초라한 몸뚱이로
똬리 틀듯 앉아 강물에 흔들린다
북새통 일상 잊으랴 흐르는 물결 위에
지나온 흔적 바라보며 허허롭게 웃는 순간
내일 또 내일을 기약하며
지친 그림자 일으켜 새벽을 걸어간다

스펙트럼

삶은 부딪히는 순간
퍼져나가는 파장이다
꽃과 나비 사람 물 불 바람
셀 수 없는 사랑이
표현하는 하모니다
우주가 뒤엉킨 하늘이 부르는 노래다
멀리 보이는 하늘엔
무지개,
웅덩이에선 힘 있는 우주
연꽃이라 부른다
스펙트럼이 끝나는 지점
수많은 우주가 달려있다
우주 밖으로 떨어질듯 매달려있다
공포의 빛을 발하면서

만유인력

희로애락의 끝이 전달되지 않는
망초꽃 제빛을 잃어가는 요즘
골이 깊은 계곡
초록의 한숨소리 들리는,
형태유지 억지로 가고 있는 육신
뜻한 바대로 서 있지 않다는 것을
어렴풋이 알게 된 요즘
저 깊은 곳으로부터 들려오는 소리
빛의 변화를 맞이할 때라는
통곡 뒤 허탈감 같은
가득 찬 가슴 비우라는 소리 들리는
홀씨보다 가벼운 것 태산으로 이고 서 있는
피에로를 버리라는 소리가
無를 향해 순응하라는
메시지로 들리는 요즘 나는,

텔레파시

물 속에 빠져 허우적거린다
세상은 한판 굿
소리 없는 아우성
허공 속에 토해버리고 시들어가는
꽃잎, 따서
땅 속에 묻어버렸다
허공에 날려도 되살아나는 환영
이슬 맺힌 꽃잎 보니
세상은 참 오묘한,

탈춤 10F Oil on Canvas 2008

숨바꼭질

기다리지 않는다

아니, 기다리던 일이다
아이가 살며시 문을 닫는다
나를 기다리지 않았으면

기다리던 일이다

새벽 별 보듯
아득한

무한대를 그리지만

창밖에 보이는
고층 아파트
정말 높다
하늘은
높고도 넓다
서녘 구름을 보고 있는
나는
하늘과 땅의 경계에 선다
틔우고 싶다
훨훨훨
날고 싶다
범위를 없애고 싶다

수련垂蓮

웅덩이에 수련 두 송이
대궁 위로 활짝 핀
꽃
바람 불어 혼줄 빠지다

살랑 살랑
도란 도란
바람 지난 자리

어떤 기도

하늘 그리니 땅이 보일 듯
연을 그리니 공空을 알 듯
그림 속의 생
굽은 솔 눈길에서 무구를 본다
세상을 품에 안은 나 무지개 떠올리니
하! 흘러가는 저 물
종이배를 띄워볼까
풍등風燈을 올려볼까

모놀로그

주도적 절대 경쟁
착각의 감정은
스스로를 할퀸다

혼돈의 세월
신경증적 증상은
빙의로 숨이 막힐 지경이다

아!
무호흡의 힘으로

감당해야 할 존재
순간에서 영원으로
길을 찾는 나는

오늘

생명의 순환을 자각한다
사랑하는 사람들께 안부를 전하는 것
생의 마지막을 맞이하게 된다는 것은
외로움을 감추고
혼신의 힘을 쏟아부어야 할
자신의 길을 간다는 것은
생각은 항상 앞서 걱정이다
오늘 준비나 잘 하렴

올가미

줄줄이 기록을 보니
벗어나기 위함이다
개사랑 꽃사랑 글사랑 그림사랑 산사랑
사랑은 해야 하나보다
세상일에 가담하는 일이
나에게 강요한 적도 없는 올가미
벗어버리고 싶다
우주의 순리는 맞물려 돌아가고
토비콤 산다는 게 인사돌 사고
몸살약 사서 어디다 뒀는지 밤새 끙끙 앓고
에고 남의 손 빌리기가 뼈저리다
멀쩡한 허울도 아니지만 머릿속도 하얗다

솔로몬 제도

화산 흘러내리는 뜨거운 물에
메가포드의 알 1미터 깊이에서
꺼내 익혀 먹는 까만 사람들
해 뜨면 하루가 시작되고
석양의 아이들 물 속에 풍덩풍덩
우주의 고향 같은 곳
그곳에 가고 싶다

삶

살얼음 둔한 몸짓
눈앞까지 희미한
지난 겨울 만만치 않더니
늦더위 땀방울에
가슴 서늘함은 또 얼마나
외로워야

삶·2

우주에 광명이 두루 비치도록
눈먼 관념
유희 다 던지고
맑은 창으로
빛이 넘치게 하는
소리 없는 별들의
태초의 소리로
고동치게 하는
인간의 봄은 어디에서 오는지
묵은 버릇 떨쳐버리고
새로운 시작에서 움트는 것
헛된 것을 찾아 헤매는
잠든 자신의 영혼을 깨워라
무엇이 그대를 묶어 놓았는가

사랑한다는 것

울 엄마 말씀대로
죽은 딸네 집
가는 것처럼

참 쓸쓸한 일이다

해질녘 노을을 보고
서 있는 듯한

질투가 함께 하는
참 쓸쓸한

붕가조직의 다중주

시간의 삶은
거듭 될수록
아득한,
세월은 고통과 공감
갑작스레 머리끝이 시리다

개입된 요소들의 통섭
다원적 적대들의 공존
이슬 먹은 거미줄
여명의 빛

바라보다·2

지레

겁먹은

나를 바라보다

나는

어디 가고

객들만 부산한

봄날 오후

업業

보고
듣고
느낀 것

오고 가는
업

만들지도
버리지도
말 것

그냥 그렇게
보는 것

마중물—자아찾기

홍수에 도랑물
침묵은 너무 짧다
언제부터인지 모르게
참, 아득한
오늘
마중물이 되었다
그 물의 마중
나를 찾아 나서다

구슬달린신발

너의 어둠속에서
3편의 영화를 보고
전에 사다준 노란색 참외는 좀비로
요즘 삭스리
아팠다
버렸다
별별방하착
휴게소에서
다시탄버스
내 물건이 아니다
멍하니
영주가는 차 아닌가요
순간 사람들 얼굴
잠시 우주미아
비우고 채우고
어디로 가는지
단순하게 단단하게 단아하게
박노해 사진전 보러가다
단순해진 단단하게
단아하게
살다가 오렴
신발에 달린 구슬이 참 예쁘구나

방하착

싸리나무 뿌리
파헤친다
손들고 나가기를 바라는
돼지가 밭고랑 파듯
견디지 못한 사람들은
슬금슬금
병동에서 살아가고
견디어야 되므로
풀뿌리 잡고 씨름한다
산짐승 덤비지 않을만큼
새벽이 밝아오면
산으로 간다
풀베기
잡목자르기
누군가 다닐길 만들기
뭔가를 주시는 신께
감사한다

무제 100F Oil on Canvas 2009

멀미

가득 찬 텅빈 듯
생각에 멀미가 난다
두려운게다
계속 무얼 하기는 했는데
순응하기도 했지만
그런 척 하기도
뒤돌아 보기도
앞으로 가는 것도
가슴은 늘 아픈
부질없는 듯

생사해탈

거두절미
해갈뿐
죽기살기
미안하다
자신을 밝히고
중얼중얼
때가 있고
수많은 예술
그리고 사연들
지금여기
오직 모를 뿐

이뭣고

엄마이기가
친구이기가
바로서기가
끌려다니다
자유자재
번뇌망상
대발심
곰곰이
간절히
신심깊은
마음자리
사량분별
확철대오
말아라

무아 6F Mixed Media 2020

LiFETIMES—누드 10호P Mixed Media 2015

제3부

삶에 무엇이 중요한지는

가을들녘
슬픔
환희
메밀꽃 사이로
벌 나비 장난하고
고개 숙인 벼이삭
사이사이로
메뚜기 요리조리
춤을 춘다
길옆 곳곳에서
들꽃이 한창이다
멀리 보이는
알곡을 그리자니
벅차다
치솟는 격정에
가슴이 막힌다
미완성을 챙겨서
내가 살던 곳으로
가야할 시간이다

귀향

저 홀로 왔다
저 홀로 가는

그저
쓸쓸함만
더해지는

태어났다
處處에 살다
다시 돌아가는

살아 있다는 것

아무리 생각해도
숨 쉬는 것

보다가 느끼다가
힘들 때면

제기럴 그래도
웃자

이 또한
지나가리라

생

공중부양이다
시절인연이다
세월이다

딴에는
눈치를 보는 것

문득
바람소리를 듣는 것
소리를 보는 것

생 · 2-자화상

길게 그릴 것도 없다
그렇다고 길게 쓸 것도 없다

생·3—사람들

환희 그리고 고통
돋보기를 찾으니, 없다

생 · 4

갈수록 태산이라더니
갈수록 흔들린다

샤갈의 풍경이 떠오르는
요즈음

문득 떠오르는
엄마의 얼굴

생·5

喜
　努
　　愛
　　　樂
　　　哀
　　　惡
慾에 대한
느낌
느낌의 방울들

오리무중

알 수 없는 시간
안개비가 내린다
종일 컴컴하다
생각 속엔 해도 뜨고
별도 보며
시공을 초월한다
어디쯤일까
두려워진다
살아갈 시간에 대해서

서로 다른 일상

내 것이 아닌 것을
네 것이 아닌 것을
누구의 것이 될 수 없는 것을
아무 것도 아닌 것을
때도 잊고 물만 먹는
금붕어인 것을
하루가 지난 이 새벽에
꿈속의 님께 얘기하는
꿈속인 것을

유령을 통과하는 바람소리

더위에 지친 군상
허공을 넘나들고
뿌리조차 메말라
보랏빛 번개 찰나를 가른다
오늘도 긴 숨 짧게 쉬며
허공에 발 디디고
피에로 춤을 춘다

바람의 고향

앵 토라져 죽는 듯 자고나도
눈 떠보면 움트는 그리움
고목에 번진 불씨
숲 전체가 푸르던가
모두가 불타고 있었다
터질듯 말듯 머금고
살아야 할 세월이
너무나도 서럽고 또 서럽고

안락사

개나리 생글생글 솔밭아래 진달래 봄햇살로 환하다
늘어진 수양버들 은연중에 평화롭고 겨우내 깔린 설움
움 터오는 꽃망울 희망을 부른다
칭기즈 칸이고 싶다가 아네모네 꽃이 예쁘고
카멜레온 요절복통 구미호 아! 사람 여의봉을 휘두르고 싶다
줄짓기가 두려운지 또 다른 준비를 시작한다
달리는 기차가 보이는 집으로 이사를 간다
이젠 머물고 싶다 온종일 피곤한 새벽 비가 내린다
울고 웃다가 이제는 뛸 수도 날아갈 수도 없다
시들어가는 꽃잎 따서 땅속에 묻어버리고 싶다

어둠이 내릴 때쯤

산은 검정색으로
진보랏빛
호수는 하얗게 은빛
하늘빛은 아!
표현할 수 없는
상황의 오묘함이
앙상한 잔가지와 어우러지는
모든 살이 끝에 오는 혼돈
어둠이 내릴 때쯤
그런 신비가

머언 하늘빛이 하얗게 올려다 보이는 날

하얀 벽이 있는 골목에 살 때였어
세 살 때쯤이었을 거야
친구와 놀고 있는데
아이 엄마가 친구를 데려가고
혼자 있게 되었어
그때 큰 닭 한 마리가 와서
나를 쪼려고 했어
무서워 빨리 계단으로 가서 숨었지
닭은 두리번두리번 나를 찾았어
25년이 지난 지금도 그 이야기를
듣고 있노라니…

반가사유의 미소
허공을 보고 있는 허허로운 눈빛에도
살아온 날들이 그저 녹록치 않았음을
서늘한 무엇인 것을

등신불

헤매는,
번득이는 눈빛
넋이 빠지다
좌회전
우회로
직진하다
U턴
혼비백산
영혼이 흔들려
병원으로 가던 중
아스팔트 위
비 맞은 단풍잎이
저리도 아름답다

바람, 바람

내 마음 나도 모르는데
누가 무엇을 알리오
마음은 항상 스스로를 벌하고
멍들어 한 세상이다
주변이 바람처럼 존재할 뿐
시간 따라 흩어져 형상을 달리 하니
누구의 잘못도 아니요
분별치 않으려 해도
그 또한 자유롭지 않으니
마음이 가는 대로 살다보면
고통이 끝나는 시간 오려니
바람, 바람이 분다
적막 위에 핀 바람꽃*

*박성철 시 「적막寂寞·4—밧줄타기」에서 차용.

바람, 바람 8호 변형 Mixed Media 2007

그저 멍하니

하늘을, 땅을
흐르는 물을 보라
왜
모래알
움켜쥐려
애를 쓰는가
구름과 바람
물이 되어 흐르면
썩지 않을 일
왜 집착하려 하는가
그저 멍하니
어린 소의 눈처럼
바라만 보다

원죄

절대라는 말은 하지말자
맹세코라는 언어는
더더욱 말 것이며
마지막이라고 단언하지 말아야지
끝도 시작도 분명치 않았으며
불면은 없었고
혼돈의 시간은
되풀이 되었다
희로애락은
구름이 변하듯
시시각각
형상을 달리함을
알았으나
행여 하는 마음으로
상처받은 가슴엔
허허로운 바람
쉼 없이 넘나들고
아! 오뇌
또 얼마나 헤매어야 할는지

원죄 · 2

저만치 꽃상여, 미상불
혼돈의 시간은 이어지고
까닭모를 슬픔은
늪에서 잠들다
어슴푸레
창틈으로 달빛이 밀려들면
나는 어느새
꿈속 오뇌의 무희가 되다

인생

희미한 과거
미소 혹은 눈물
안개 낀 현재는
가끔 우리를 발광케 하고
속수무책
어쩔 수 없음에
오직 변화할 뿐

비 오는 길에 두 노인
가랑잎처럼 가고 있다
두 발로 힘겨워 빈 유모차 의지하며
하염없이 걸어가고 있다

지금 이 순간

침 한 번 꿀꺽 삼키니
시간은 흘러
큰 숨 한 번 내쉬고
세월은 가는데
소리 없는 통곡에
나의 모습
삭은 홍어쯤은 될까
원죄의 끄트머리
절절이 해탈을 꿈꾸어도 보지만
인간인지라
오늘 하루의 생은
개미의 그것이다
그저 멍하니
기다리지 않아도
내일 아침
해는 다시 떠오를 것이려니

혼불

별은 바람 되어
파란불로 노니는데
시간은 세월없이
가고만 있다
오색가지 풍선에 매달려
만상을 하고서
이러고도 넋은 있는 것인지
덫에 걸리지도, 길들여지지도
말라 하였건만

가슴 빈 자리

초가을 맑은 하늘
하얗게 저린 밤
가위눌린 공포
오한으로 떨었다
생각은 허공자리
잠자리 떼는 정처 없이 붕붕거리고
생각은 파노라마
붉은 맨드라미 하얀 구름
무심히 보고
또 보노라니

환생

나를 생각하는 요즘
스스로를 찾아야할 여유
혼돈의 세월
가랑잎이 바람에
흩날린다
예전의 시간들
돌아볼 겨를 없이
거대한 트럭 바퀴 밑에서
가루되어
흔적 없이
사라졌다

LiFESTORY 50호 변형 Mixed Media 2020

제4부

존재의 이유

간혹 허리가 틀어진 나무는
어두워 오는 강을 내려다보면서
강물이 숲을 돌아드는 소릴 듣는다
그때마다 몸 속 나이테는 둥글어 갔고
나무는 외로움을 많이 타서
가지를 뻗고 섰다
달이 여장을 풀고 갈 때
강둑에서 팔짱을 끼는 여자
그래도 돌아보면
아름다운 시간이 있었다
틀어진 나무, 달, 강물, 갈숲
지금 내가 존재하는 이유

무無

허공을 응시하며
웅크리고 앉아있다
순간의 변화에
아옹다옹거림은
저 강물이 흐르는 의미와
다른 무엇이
있는 것일까

홍시

떨어진 감하나 주워
입에 무니 달콤한 것이
정겹다
얼마 전 태어난
강아지 세 마리
어미 품에 졸졸이 엎드린 채
바라보는 눈빛이
평화롭다
아무 생각이 없다
그저 달콤한 홍시 맛이다
파란 하늘에
끝없이 펼쳐진
새털구름이
아련하다

무심

걱정 없이
잘 지내면 된다고 했습니다
편안히 잠들 수 있으면
하셨습니다
자식 걱정 않고 잠들어도
부모 될 수 있을지
부모 걱정 않고 잠들어도
자식 될 수 있을는지
생각 없이 지내는 것이
두렵습니다
자고 일어나면 눈이 떠질지
막막합니다
날이 밝으면 또 어떨는지
늦은 밤하늘을 보니
달빛이 고요하고
차갑습니다
잠을 청해보려 합니다

태백산 참새골

물 따라 눈길을 보냈더니
충무앞바다 갈매기 되었다가
알 수 없는 물방울 되어
돌부리에 걸린
샌들 한 짝 되었다
그림 따라 뛰노는 붓끝이 되어
계절의 끝자락에서 꿈을 깨었다
고갱의 타히티섬도 보였다
그리스 여신도 보았다
피에로는 휴식 시간

구름 타고

붉은 칸나 길섶에서
하늘로 치솟다가
코스모스 무더기로 흔들리다가
맨드라미 꽃살 보며
어릴 적 드레스 입었다
파란 하늘 솔개 되어 빙빙 돌다가
꼭 잡은 두 손이
고추잠자리 꽁지타고
꿈을 꾸고 있더라

피에로의 휴식시간은 언제일까

나무 밑을 판다
요리조리 막았다
연산홍 두 그루
뿌리를 드러낸다
참을 수 없음에
야무지게 틀어막고
심을 곳을 찾다가
어이쿠! 항복
쥐 굴 옆 큰 나무가 불안하다
통로를 보일 듯 말듯
그대로 두기로 했다

고요 · 2

멀리 스치는 기차
레일은 떨리고
자동차 경적소리
잠시 적막에 잠긴다
파리의 날갯짓 소리조차
정겹다
큰 사과 껍질째 깨물어도
삭여지지 않는
엉거주춤 시간은 가고
드문드문
기적소리
화들짝 정신차려
가던 길로 달린다

그림

새벽을 그리고
밤을 그리고
이젠
자유를 그리려 한다

25시

새벽녘 광장
가스등 불빛
자욱한 안개 사이로
소리소리가
허공 속을 스쳐지나간다
앞만 바라보며
사라지는 그림자
인적 없는 지하도의
불빛과 고요 속에
무심히 걷는 걸음걸음들
나는 지금 어디를 향하여
가고 있는가

들노루

슬픈 눈을 한 사슴이다가
목을 빼고 먼발치 향하는 기린이다가
그냥 들노루처럼 뛰었어요
쫑긋 귀 세우고 마냥 달렸어요
가시밭길로
들길로
흐르는 물길로도
더러는 평원으로
안개 속으로 유유히

말줄임표

눈에는 삼라만상이
가슴에는 불덩이가
그래도 입으로는,
걸으면서
걸어보면서
머릿속엔 회오리
마음은 오리무중

우주를 아는 그대

인공빛임을 알고
밤이면 서서히 잠이 드는
그대 사랑초
두꺼운 벽 사이로 감지되는
아침을 느끼는
그대 사랑초는
활짝 펼친 황홀경이다
우주의 섭리를 아는
그대 사랑초는
밤낮을 잃은 유영희보다
형이상학이다
유영희의 우주는 깨졌다
우주의 섭리 밖이다

찰나

부모자식사이 생각이란
언제나
가슴 저린 사무침이었습니다
길 잃은 양의 지팡이가
되지 못 하는
무능
어찌할 바 몰라
오랜 시간 생각합니다만
결정은
순간이었습니다
그 길고 긴 헤맴이
지금 한순간 주마등입니다

허수아비의 춤

시간의 공간 속을 기웃거리며
고집스런 모험을 멈추지 못한다
스스로의 무력함에 울분을 토한 발걸음
고독을 똬리 틀고 꼭꼭 채워진 춤사위
가슴속 톱날 스쳐간 상처에선
잔잔한 이슬방울 촘촘히 돋고
신음을 삼키면서
오늘도 날아드는 새떼의 눈총이 어지럽다
가을 햇살조차 눈에 시리다
빈 마음을 파고드는 허깨비의 생각들로
어둠이 내려도 시간은 제자리다
한 가닥 불빛을 찾아
유령들의 이야기책 펼쳐놓고
밤새껏 공포를 재충전하여
새날 다시
훠-이 훠-이
돈키호테의 적개심으로
새떼들의 마을로 돌진해야 한다

인연

하얀 도화지였습니다
맑고 고운 파아란 하늘에
곱디고운 뭉게구름이고 싶었습니다
한여름 태양 아래 소리 없는 아우성
태양을 보고 웃는 사람
틈바구니에 비지땀을 뿌린다
혼란 속의 억지 휴식
흐르는 개울물에 시름 띄워 보내노라면
눌렀던 멍울 꺼이꺼이 되살아나고
허공에 발 디디고 피에로 춤을 추니
가슴에 아픈 멍을 또다시 뭉게뭉게
아! 삶의 무게여
마음에 포개진 아픈 흔적들이
먼 하늘에 무지개로 뜨고
맑고 고운 빗방울에 젖으며
발길을 재촉합니다

비석

발은 어느 왕조의 기록 빠져 있는가
세월을 등지고 어디를 가는지
앞선 이 쫓아가며 허겁지겁 걷는다
지친 몸 뒤돌아보며
날 닮은 이 어디 있나
소리쳐 찾는다
돌부리에 걸려 회오리바람에 휘날려
내 가슴 상처에선
굵은 핏방울 소리 없이 흐른다
허깨비만 남는다
투명인간 되어 구름 타고 떠돌다
나는 그만 눈을 감는다
유서도 비문도 미완성인데…
내 영욕의 흔적 비울 수 있을 그때까지는
두 다리 쓰러지지 않으리

정

벼랑 끝 산사
은은한 흙바람에 실려오는
애잔한 풍경소리
이승길 걷던 친구와
바람소리 차를 마셨다
인연 귀한 너와 나
태어난 시간은 다르지만
이 순간은 영원하리
추위도 밀치며 앞서 핀 매화
보일 듯 말듯 튼튼한 모과나무의 작은 꽃
먼 산 아름아름 활짝 핀 진달래
연보랏빛에 물든 얼굴 둘이
마음 가득 행복하다
까맣게 잊고 있던 산들바람이
느닷없이 갈증에 보슬비를 뿌리고
아침이슬 머금고 함초롬히 피어난
나팔꽃이 정든 노래를 합창한다

그대는 누구

앞뒤 틀린 상황의 불연속성
내리는 비에 초록은 씻겨 맑더라
내 마음 아랑곳없이
태양은 내리쬐고
가끔씩 회초리 바람
시름의 간극을 두들겨 지나간다
장마에 마르지 않는 마음
빨랫줄에 걸린 우울한 상송을 탄다
잃어버린 우산이 시시각각
내 눈동자를 돌고 돌며 비를 뿌린다
오며 가며 세월 가는 마음속 비지땀이
발버둥 친다
곁에 남은 한 송이 하얀 꽃이
태양을 그리다 지친 얼굴이
애처롭다
아픈 기억은 지워지지 않으므로
차라리 하나하나 창밖으로
수런대는 대나무 숲으로 쏟아내며
어둔 밤 내리면
밤새워 부를
소야곡을 준비하는 그대

줄행랑

있는것도 아니오
없는것도 아니니
그 오묘한 도리
홀로 숲을 거닐다
마음일체
반복소임
입력출력
고정없이
연계성
유전성
과감히 버리고
여여함이라
영혼을 건지다
종문서를 버려라
홀로 가라

참회용서

책임전가 환란 마음자리 천지운행 남겨두는 마음 일상속의 참
나 들숨날숨 놀라운 보편 허옇게 센 정신 하나의 목적 짧은 침
묵 많은 결정 분노의 상처 결코 부끄러워 기품을 유지하는 방
안 더 이상 이기려 들지 말아야 해독할 수 있는 눈물의 향기
결국 그렇게 되는 것이므로 나홀로 아리랑을 부르리라 쓸쓸히
사라져야 할 시간 용서할 수 없는 것을 용서 사랑할 수 없는
것을 사랑하는 것 절대적 추구 막바지 인간과 인생을 이해할
수 있는 두가지 요소 사랑과 고통의 본질을 이해 노력하는 과
정속에서 사랑없는 고통은 있어도 고통없는 사랑은 없다는 김
수환추기경의 말씀 신령스런 그무엇 오롯하게 저너머 풍경소
리 번뇌망상 물렀거라 들린다 요령소리 지극한 마음으로 해탈
이후 또한 더욱 조심

한생각

신심 갸륵 둥근달 스스로 가늠 정진 바라기 버리기 햇빛쪼인
바위안아 몸 데우기 산속텃밭 아궁이 불때기 불쏘시개 첩첩산
중 메아리 묵념 뻐꾹 망상교대 대성통곡 일구월심 코끼리가 숲
속 거닐듯 3년 언제 어디서든 그냥그대로 오호라 오호대재라

공허

안개속이다
웃고다녔다
두렵다
늘 빠른 걸음이었다
울고웃고
목에가시
삼켜버렸다
어쩔수 없음이
소리내어 불러 보았다
방석으로 틀어 막았다
엄마
때가되면 안다시더니
애간장이 끊어진다더니
젊은날에 말씀하셨다
옛날에 어느 부잣집마님
웃고있어도
눈가가 짓물러 있더라고

흔적들

하얗게 바래져가는
안개
휴식의 밭두렁에
여뀌풀이 돋아나면
가을이 비롯된다나
보라, 본연의 빛깔 앞에
모든 것을 내려놓고 싶은
비가 내린다, 흔적들

그리다 10호P Mixed Media 2020

삶과 꿈,
혹은 바람 같은

김상환(시인·문학박사)

해설

삶과 꿈, 혹은 바람 같은

김상환(시인·문학박사)

Doleo, ergo sum. 아프다, 고로 나는 존재한다.

시, 검은 빛과 물음

유영희의 시를 읽는 겨울, 밤이다. 시인이자 화가인 그녀와의 만남은 다름아닌 전리田里의 문학 모임인 〈흰뫼시문학회〉를 통해서다. 해마다 책을 내고 세미나를 갖고 기행을 하고…… 그런지도 벌써 십년은 족히 넘었을 것이다. "깊은 겨울밤 오두막 산장을 내리치는 사나운 폭설이 맹위를 떨치면서 모든 것을 뒤덮고 감춰버릴 때, 바로 그때 철학의 지고한 시간이 피어오른다"(하이데거 산문, 『사유의 경험으로부터』). 어느 해 가을이던가, 우리는 예천에 있는 유화백의 개인 아틀리에를 찾아 하룻밤을 보내며 부근 산길을 걷고 밤이 늦도록 문학 담론을 펼치며 행복한 시간을 보냈다. 지고지순한 시학과 인간적 시간이었다. 유영희, 하면 시보다 그림이 먼저 떠오른다. 그녀는 꿈꾼다. "그림 같은 시/시를 담은 그림/아무래도 좋다/그럴 수만 있다면"(『할 수만 있다면』). 최근에 발간된 『흰뫼시문학』 16집 (2020, 느티나무)의 표지화(제목: life story)는 유화백의 것으로, 밝은 어둠의 분위기와 톤tone이 느껴진다. 이는 이번 시집의 표제인 〈적막 위에 핀 바람꽃〉의 이미지와도 잘 부합된다. 유영희의 예술세계에 대해 일찍이 흰뫼시문학회를 창립한 취운재 박성철 교수는 이렇게 말한다. 유영희의 그림에서는 "운명의 아트로포스Atropos에게 맡겨진 황야의 삶이지만 동시에 순수 자연의 생기와 자유를 느끼게 한다. 그리고 야일野逸한 생명력이 화폭에 넘치며, 불가사의한 사랑의 뒤나미스dynamis를 느낀다. 유영희의 캔버스는 자연 대 인간, 인간 대 인간 사이의 불통과 갈등에 대해 소통과 화해를 요구하는 내면적 열망의 몸짓을 표출한다. 그런가하면, 치유와 화해의 길이 우리 민족 고유의 심성과 전통 문화에 있음을 탈(가면)과 굿의 역동적인 춤사위로 드러내고 있다."(박성철, 「유영희의 한전 초대전-야생의 자연, 그리고 탈(가면)과 굿, 춤의 형상화」, 2016). 이런 특이점은 시에서도 상당 부분 반영되어 있다. 유영희의 시적 주제는 한 마디로 삶과 꿈이다. 거기서 파생되는 것은 자아의 분열과 통합, 고통과 상처, 질병과 죽음, 사랑과 자유, 존재와 무 등이다. 이는 색깔로 치자면 블랙 앤 화이트black & white로 말할 수 있다. 블랙 앤 화이트, 그것은 다형 김현승의 경우, "아픔보다도 더 아픈,/빛을 넘어 빛에 닿은 단 하나의 빛"(『검은 빛』)이며, 『색의 수수께끼』의 저자 마가레테 브룬스에게는 하나의 질문이나 아포리아로 제시된다.

- 검정은 하나의 색인가 아니면 반대로 색채 세계의 한 구멍 즉 허무인가?
- 검정은 본래 존재하는 게 아니라 구멍과 틈 또는 텅 빈 공간에 불과하다. 파랑이 무한한 공간의 높이와 깊이 그리고 거리라면, 검정은 높을 수도 깊을 수도 없는 허무 공간이다.
- 빛이 흰색이 아니듯 밤도 검정색이 아니다. 우리가 가장 깊은 검은 색으로 체험하는 것은 우리 내부에 숨어 있다.
- 검정과 흰색은 피안의 색이다.
- 검정은 공간도 공허도 아니고 무인 동시에 모든 것이다.
- 가장 검은 검정색은 가장 모순적일 뿐 아니라 동시에 모든 색들 가운데 가장 풍부하고 가장 심오한 것이다.
- 검은 표면을 볼 수 있는 것은 그 표면이 비본래적인 검정색이기 때문에, 즉 역설적으로 아주 어두운 흰색으로 구성되어 있기 때문이다.

이렇듯 흑과 백은 하나의 색이 아니라 심연이다. 너머와 여기를 잇는 그것은 동양의 노자老子에겐 "완전히 흰 것은 검은 것에 가깝다 大白若黑". 그런 흑백의 질감으로 유화백은 "새벽을 그리고/밤을 그리고/이젠/자유를 그리려한다"(「그림」). 새벽과 밤이 블랙의 이미지를 갖는다면, 자유는 화이트에 해당한다. 블랙 앤 화이트로서 삶이 내재성의 내재성을 지닌다면, 유영희에게 시와 그림은 운명과 형식이다. 검은 빛이며 하나의 물음이다. "사유와 철학의 지향은 아픔에 있다. 그 아픔의, 그 아픔에 대한, 그 아픔을 향한 열림의 형식에 있다." 람혼艦魂 최정우의 이런 진술은 유영희의 시와 예술을 대하는 필자의 마음과도 다르지 않다. 그럼 이제 시를 보기로 하자.

삶, 고통과 상처

　시인과 예술가는 문제적 인간이다. 욕망과 현실의 굴레인 삶에서 우리는 언제 어디서나 크고 작은 문제와 만나게 된다. 그럴 때마다 우리의 감정은 희비가 엇갈리며, 방울처럼 맺혔다 이내 사라지고 만다. 그리고는 다시 일어나는

> 喜
> 　努
> 　　愛
> 　　　樂
> 　　　哀
> 　　惡
> 慾에 대한
> 　느낌
> 　느낌의 방울들
>
> 　　　　　　　　　-「생·5」전부

　은 무엇인가? 생은 기쁨과 슬픔이다. 그런 느낌의 실재에 대한 경험의 방울들이다. 스피노자는 『에티카Ethica』에서 인간의 연구는 이성이 아닌 정서에서 시작되어야 한다고 말한다. 기쁨과 슬픔 그리고 욕망이 그가 말한 세 개의 기본 정서라면, 욕망과 현실 사이의 심리적 거리는 유영희의 경우 기쁨 보다는 슬픔에 더 밀착되어 있다. 하여 블랙 톤에 가까운 (반)음영을 드리우고 있다.

- 소리 없는 통곡 (「지금 이 순간」)
- 그 길고 긴 헤맴 (「찰나」)
- 살아온 날들이 그저 녹록치 않았음을 (「머언 하늘빛이 하얗게 울려다 보이는 날」)
- 살아야 할 세월이/너무나도 서럽고 또 서럽고 (「바람의 고향」)
- 눈에는 삼라만상이/가슴에는 불덩이가 ...... 머릿속엔 회오리/마음은 오리무중 (「말줄임표」)
- 밀물같은울음/끝이없다 (「지름길no」)
- 생각은 항상 앞서 걱정이다 (「오늘」)
- 생각 없이 지내는 것이/두렵습니다 (「무심」)
- 토비콤 산다는 게 인사돌 사고/몸살약 사서 어디다 뒀는지 밤새 끙끙 앓고 (「올가미」)
- 영혼이 흔들려/병원으로 가던 중 (「등신불」)
- 나홀로 아리랑을 부르리라 쓸쓸히 사라져야 할 시간 (「참회용서」)

한 시인(이면우)의 말대로 아픔이 북쪽이라면, 누구든 저마다의 삶에는 북쪽이 있다. 그림자, 트라우마, 상처, 분노, 절망, 우울, 좌절 등의 다양한 감정이 그것이다. 인용 시구에 나타난 유영희의 삶은 울음과 헤맴이다. 서러움과 더는 말할 수 없는 무엇이다. 걱정이 끊이지 않고 무슨 올가미에라도 덮어쓴 것처럼, 그녀의 삶은 갈피를 잡을 수 없는 감정의 연속이다.「모놀로그」("주도적 절대 경쟁/착각의 감정은/스스로를 할퀸다//혼돈의 세월/신경증적 증상은/빙의로 숨이 막힐 지경이다//아!/무호흡의 힘으로//감당해야 할 존재/순간에서 영원으로/길을 찾는 나는")는 그 절정에 속한다.

말해야 함에도 불구하고 말할 수 없는 시인의 고백—독백이
다. 지나온 시간은 "절대 경쟁"으로 "착각"으로 "혼돈의 세월"
이다. 그 시간들에서 비롯된 신경증은 극에 달해 "빙의로 숨이
막힐 지경"이다. 이제는 "무호흡의 힘으로"라도 "감당해야"할
밖에.「극종」("가족생채기/알수없는소리/본능/인연고리/눈물도터지지않
는/어쩜/항칠하듯/침한번꿀꺽/고래고래목이붓다/노오란슬픔/햇살바람/눈
뜨다/새는맨발바닥/울고있는/저하늘/요령소리/아이묻는다/운명적인 것/아
리아리랑")에서 보면, 유영희에게 삶은 누리는 게 아니라 견디어
내는 것이다. "아리랑이 생명의 기쁨이라면, 스리랑은 죽음과
슬픔"(박용숙,『천부경81자바라밀』)인 것을. 그리고보면 인간의 삶
이란 얼마나 오묘한 것인가.「안락사」("개나리 생글생글 솔밭아래 진
달래 봄햇살로 환하다/늘어진 수양버들 은연중에 평화롭고 겨우내 깔린 설
움/움 터오는 꽃망울 희망을 부른다 …… 이젠 머물고 싶다 온종일 피곤한
새벽 비가 내린다/울고 웃다 이제는 뛸 수도 날아갈 수도 없다/시들어가
는 꽃잎 따서 땅속에 묻어버리고 싶다")에는 그런 기쁨과 슬픔이 혼재
해 있다.

　사정이 이러한 데는 그녀의 "타고난 기질"(「어떤 신명」)도 기질
이지만, "까닭모를 슬픔"(「원죄・2」)이란 정녕 어디서 오는 것인
가? "누가 가시밭길/다니라고 말한 적(도) 없(고) …… 무거운
짐 지라고/하지(도) 않았다"(「슬픈 듯」). 그러다가도 절망이란 희
망에 머무르고 싶은 신새벽, 다시 "모든 것을 내려놓고 싶은/
비가 내린다". 날개를 잃어버린 새처럼, 모든 기억과 상처를
묻어버리고 싶은 이에게 삶은 죽음이다. 아니, 안식이자 또다
른 즐거움이다. 그것은 "여뀌풀이 돋아나"는 "휴식의 밭두렁"

과도 같이 "본연의 빛깔"(「흔적들」)이다. 유영희의 멜랑콜리한 정서의 기원은 인간의 원죄에서 비롯되며("저만치 꽃상여, 미상불/ 혼돈의 시간은 이어지고/까닭모를 슬픔은/늪에서 잠들다/어슴푸레/창틈으로 달빛이 밀려들면/나는 어느새/꿈속 오뇌의 무희가 되다", 「원죄·2」), 그런 만큼 그녀의 슬픔에는 딱히 이유가 없다. 이는 죽음이란 사랑("꽃상여"), 사랑이란 죽음의 관계이다. "어슴프레"한 "혼돈"이다. 그런 때면 꿈속 무희가 되어 슬픔의 신비를 본다. 문제는 어린 시절의 체험이다.

> 하얀 벽이 있는 골목에 살 때였어
> 세 살 때쯤이었을 거야
> 친구와 놀고 있는데
> 아이 엄마가 친구를 데려가고
> 혼자 있게 되었어
> 그때 큰 닭 한 마리가 와서
> 나를 쪼려고 했어
> 무서워 빨리 계단으로 가서 숨었지
> 닭은 두리번두리번 나를 찾았어
>   -「머언 하늘빛이 하얗게 올려다 보이는 날」 부분

하얀 벽과 골목은 '나'의 최초 불안(블랙)에 관한 경험이자 장소다. 이 경우 하얀 색은 거룩하고 순결한 느낌 보다는 불안과 공포를 환기하는 벽壁의 이미지에 가깝다. 광장이 아니라 밀실로서의 막다른 골목도 이와 다르지 않다. 하얀 벽이 있는 골목에서 친구와 함께 놀이에 빠진 나는 친구가 돌아가면서 혼

자 남게 된다. 바로 그 순간, 고작 세 살 나이에 불과한 나에게 유령처럼 큰 닭이 다가온 것이다. 닭은 나를 먹이의 대상으로 삼아 금방이라도 쪼려고 할 태세다. 순간 나는 무섭고 두려움에 떨며 계단으로 피한다. 그러나 닭은 사라지지 않고 여전히 나를 찾고 있다. "머언 하늘빛이 하얗게 올려다 보이는" 순간이다. 어린 날의 꿈인 파란 하늘이 아니라 흰색의 하늘은 두렵고 죽음에 가까우리만치 공포스러운 것이다. 지금도 나는 문득 그 벽에서 빠져 나오지 못하고 있는 게 아닐까. 그런데 원래 닭은 홰를 치며 울음으로 새벽을 알리는, 빛의 도래를 예고하는 영험한 새에 속한다. 하여 보르헤스는 『상상 동물이야기』에서 이런 닭을 두고 '태양의 새'라 명명하지 않았던가. 유영희에게 어린 시절의 닭 체험은 분명 심리적인 위축을 가져왔을 터. 이후 생활인으로 살아가면서 겪게 된 개인적 아픔이나 생각들이 이에 가세했을 터. 유영희가 생각하는 "세상은 한판 굿"이다. 신명이다. 역동적인 에너지와 아름다운 슬픔, 신비는 그녀의 것이다. 인간의 "가능성과 한계", "정체성"에 대한 일련의 "문제의식"은 유영희가 생각하는 삶의 과업이며, 그 연장선에서 시와 예술은 더없는 치유의 방편이 된다. "문득/바람소리를 듣는 것/소리를 보는 것"(「생」)에서 시인의 예지를 느낀다. "캔버스에 뿌리고, 긁고, 덮고 다시 그리고 …… 사유의 방식과 …… 변화 속에 상상을 넘나"(유영희, 포트폴리오 「작업노트」)드는 데서 화가의 열정을 느낀다. 다음 시를 보자.

삶은 부딪히는 순간
퍼져나가는 파장이다

꽃과 나비 사람 물 불 바람
셀 수 없는 사랑이
표현하는 하모니다
우주가 뒤엉킨 하늘이 부르는 노래다
멀리 보이는 하늘엔
무지개,
웅덩이에선 힘 있는 우주
연꽃이라 부른다
스펙트럼이 끝나는 지점
수많은 우주가 달려있다
우주 밖으로 떨어질듯 매달려있다
공포의 빛을 발하면서

-「스펙트럼」 전부

시인에게 예술과 "삶은 부딪히는 것"이다. 그 순간 "퍼져나
가는 파장"과 파동, 이행移行에서 인간의 기쁨과 슬픔, 정서와
정동(情動, affectus)이 초래된다. 사물과의 우연한 마주침의 순
간은 창작의 모멘텀으로 작용한다. 유무형의 대상이 무엇이든
('꽃·나비·사람·물·불·바람·사랑') 삶의 예술은 하모니를 지향하게
마련이다. 그 때의 하모니란 단순한 조화의 음이 아니라 "우주
가 뒤엉킨 하늘(의) 노래"다. 그 뒤엉킴의 사건과 부조화가 갖
는 예술이야말로 삶의 아름다움이자 비밀이다. 저 하늘에 "무
지개"가 있다면, 땅(의 웅덩이)에는 "우주"의 질서를 표방하는
"연꽃"이 있다. 무지개가 대기 중의 많은 물방울에 빛의 굴절,
반사, 간섭으로 생기는 현상이라면, 연蓮은 진흙 속의 꽃이다.

삶의 신비는 빛의 모든 "스펙트럼이 끝나는 지점(에서) 수많은 우주가" 탄생한다. 스펙트럼은 입자가 아닌 파동으로 드러내는 생명의 기쁨이며, "공포의 빛을 발하면서"도 "우주 밖으로 떨어질듯 매달려 있다"는 사실이 놀랍다. 그것은 천 길 벼랑 끝에서 한 걸음 더 나아간 차원이 아닐까. "몇 명의 천사가 바늘 끝에 올라가 춤을 출 수 있는가."(토마스 아퀴나스). 아름다움은 위험한 것이며, 삶은 우연한 마주침에서 꽃을 피운다. 삶은 우리에게 병도 주고 약도 준다.

거듭나다허무시간대비이탈옮아매다
만남그언저리햇살하염없이연락오다
일상바람저렇게흔드는데
사금파리빛나다바람되어어디론가가는
길을잃은듯애써찾은평정산산조각
멍청하니주저앉는다가는곳어딜까
가늠키어려운모른다아침햇살반짝이는
거미줄보고있다돋을새김기둥말이다
　　　　　　-「병주고약주는」전부

　아침 햇살에 반짝이는 거미줄을 본다. 부재의 현존으로 돋을새김 되어 있는 거미줄은 거미가 꿈꾸는 집이자 기둥株이다. 거미의 말言이다. 거미집은 어디에 있는가? 고통과 허무와 불안, 그리고 바람은 무엇이며, 또 어디로 향해 가는가? 시는 비非라는 장소 즉 아토포스atopos이다. 시인은 사금파리처럼 빛나는 눈과 해를 가졌다. 그러나 이면을 들여다 보면 말할 수 없는 그림자와 그늘이 드리워져 있다. 시는 병이 되기도 하고 약이 되기도 한다. 몸을 가진 우리에게 마음의 고통과 상처는 피할 수 없는 법. 시인은 자연과 사물에서 위로 받고 더는 흔들리지 않으며 번신飜身하는 삶의 기술을 배운다. 형태와 심리적 특성으로 보아 알 수 있듯이, 의식의 흐름을 본위로 한 이 시에는 '거미'라는 존재의, 닫힌 열림이 있다. 한편, 유영희의 이번 시집에는 바람의 이미지가 빈번하게 노출되어 있다. 특히 「바람, 바람」("내 마음 나도 모르는데/누가 무엇을 알리오/마음은 항상 스스로를 벌하고/멍들어 한 세상이다/주변이 바람처럼 존재할 뿐/시간 따라 흩어져 형상을 달리 하니/누구의 잘못도 아니요/분별치 않으려 해도/그 또한 자유롭지 않으니/마음이 가는 대로 살다보면/고통이 끝나는 시간 오려니/바람, 바람이 분다/적막 위에 핀 바람꽃")에서는 마음과 기분의 현상 내지는 질료의 토대로서 바람이 갖는 고통과 치유의 양가성이 드러나 있다. 이밖에도 「바람소리」, 「유령을 통과하는 바람소리」, 「바람의 고향」, 「모순의 향기」, 「혼불」, 「바람소리」, 「방울소리」 등의 작품에서 바람의 시어와 이미지는 매우 효과적으로 드러나 있다. 바람은 고통과 사랑을 잇는 가교다.

꿈과 사랑, 그리고 자유

유영희에게 있어 삶은 꿈이다. 그 꿈은 사랑이고 자유다. 그녀는 이제 "사색과 치유를 통해 상처가 아물 듯 깨달음을 (보며) 흐름에 순응하면서 가슴 속 응어리를 떨쳐버린다. 원대한 무엇과 이어져 있음을 느낀다"(유영희, 포트폴리오 「작업노트」). 그

"원대한 무엇"이란? 사랑이다.

    인공빛임을 알고
    밤이면 서서히 잠이 드는
    그대 사랑초
    두꺼운 벽 사이로 감지되는
    아침을 느끼는
    그대 사랑초는
    활짝 펼친 황홀경이다
    우주의 섭리를 아는
    그대 사랑초는
    밤낮을 잃은 유영희보다
    형이상학이다
    유영희의 우주는 깨졌다
    우주의 섭리 밖이다
               -「우주를 아는 그대」 전부

    유영희는 형이하의 삶과 밤낮을 잃어 버렸다. 유영희의 시간과 장소 즉 우주는 마침내 깨지고 말았다. 생각하면 "세상은 참 잔인하게 아름다운 곳"(『삶·4』)이어서, 그녀의 그림 제목에는 '생生'이나 '무제無題', 그리고 '삐에로'란 말이 곧잘 등장한다. 이탈리아의 코메디아 델라르테에 등장하는 전형적 인물로서 삐에로Pierrot는 본래 사랑에 실패한 연인이다. 유영희가 생각하는 생은 '우주를 아는 그대'로서 사랑과 꿈의 다른 말이다. 그 사랑이라는 꽃과 풀은 "두꺼운 벽"같은 어둠 속에서도 빛을 느끼며 아침을 감지한다. 사랑은 고통의 형이상학이며 그 안엔 우주의 섭리가 내재해 있다. 우주의 미아가 된 유영희는 "우주의 섭리 밖"에서 다시 그대의 사랑을 꿈꾼다.

산은 검정색으로
진보랏빛
호수는 하얗게 은빛
하늘빛은 아!
표현할 수 없는
상황의 오묘함이
앙상한 잔가지와 어우러지는
모든 살이 끝에 오는 혼돈
어둠이 내릴 쯤
그런 신비가

-「어둠이 내릴 때쯤」 전부

유영희에게 어둠은 단색이 아니라 온갖 색과 빛들로 뒤섞여 있다. 검정색·진보랏빛·하얀 색·은빛·하늘빛이 한데 어우러진 어둠에는 어느 하나로 규정하거나 표현하기 어려운 검은 빛과 현묘玄妙가 있다. 어둠이 드리워지는 시간은 "모든 살(의) 끝에(서) 오는 혼돈"이다. 메를로 퐁티의 말처럼, 깊이가 존재에 참여하는 것이라면 이 시에는 산 전체와 앙상한 나뭇가지 하나가 앙상블을 이루는 놀라운 상상력이 있다. 깊이와 지취旨趣가 있다. 사랑은 블랙 앤 화이트, 어둠이란 빛이다. 어둠의 신비는 삶의 신비이자 사랑의 신비다. 삶과 사랑은 생각하면

할수록 얼마나 그윽하고 웅숭깊은 것인가. 이번엔 좀 더 가볍
고 따뜻한 시를 몇 편 보기로 하자.

떨어진 감하나 주워
입에 무니 달콤한 것이
정겹다
얼마 전 태어난
강아지 세 마리
어미 품에 졸졸이 엎드린 채
바라보는 눈빛이
평화롭다
아무 생각이 없다
그저 달콤한 홍시 맛이다
파란 하늘에
끝없이 펼쳐진
새털구름이
아련하다
-「홍시」 전부

붉은 칸나 길섶에서
하늘로 치솟다가
코스모스 무더기로 흔들리다가
맨드라미 꽃살 보며
어릴 적 드레스 입었다
파란 하늘 솔개 되어 빙빙 돌다가

꼭 잡은 두 손이
고추잠자리 꽁지타고
꿈을 꾸고 있더라

　　　　　-「구름 타고」 전부

　두 편 모두 꿈과 사랑, 자유를 구가하고 있다. 그런 만큼 어
떤 그늘도 그림자도 드리워져 있지 않다. 먼저 첫 번째 시 「홍
시」를 보면, 시인은 인위적으로 감을 따는 게 아니라 땅에 떨
어진 홍시를 그냥 줍고 있다. 그 맛은 농익어 떫지 않고 달콤
하기 이를 데 없다. 그 빛깔도 사람으로 말하면 참으로 따뜻하
고 정겨운 자태를 지니고 있다. 그리고 시인의 눈에 포착된 것
은 사람의 목숨을 위협하는 대형견이 아니라, "얼마 전 태어
난/강아지"이다. "바라보는 눈빛이"저리도 평안하다. 다른 "생
각이 없"기 때문이다. 인간의 갈등과 고통은 결국 집착과 욕
망이라는 한 생각에서 비롯되는 게 아닐까. 홍시의 맛이 달콤
한 데는 나름 이유가 있다. 하늘을 보니 새털구름이다. 아련
한 그리움이 물밀려 온다. 이런 때면 "문득 떠오르는/엄마의
얼굴"(「생·4」). 순간, "우주의 고향 같은 곳/그곳에 가고 싶(어진)
다"(「솔로몬 제도」). 두 번째 시 「구름 타고」는 어린 시절의 꿈에
관한 시다. 몸과 마음이 온통 치솟고 흔들리다가 빙빙 돌기까
지 한 그곳은 붉은 칸나와 코스모스, 맨드라미가 핀 꽃길이다.
그 길 아래서 느끼는 어린 시절의 꿈은 얼마나 아름답고 즐거
운 것인가. 꽃이 살("꽃살")이라면, 살la chair은 존재의 다른 요
소이다. 드레스는 그 요소에 완성을 더하는 형식으로 미의 극
치에 해당한다. 소녀는 날개를 달고 새(솔개)가 되어 하늘을 난

다. 구름을 타고 허공을 날아오른다. 고추잠자리 꽁지에 매달려 있는 꿈이어도 좋다. "초록으로 난 산길을 걷다가(도)/백팔 번뇌를 보"고, "까만 빌로드 하늘을 덮는 순간/날개 달고 하얀 자유를 만나게"(「길을 걷다가」) 되듯이, 사랑과 자유는 블랙 앤 화이트의 사이 존재에 있다. 유영희에게서 이런 자유와 사랑은 허虛와 무無의 감수성을 동반한다. 그것은 "그저 멍하니/어린 소의 눈처럼/바라만 보"(「그저 멍하니」)는 느림과 무욕의 마음이기도 하고, "하늘과 땅의 경계에"(「무한대를 그리지만」) 서서 숫제 이를 무화시켜 버리는 경계의 경지를 이룩하는 일이기도 하다. 딴은,

허공을 응시하며
웅크리고 앉아있다
순간의 변화에
아옹다옹거림은
저 강물이 흐르는 의미와
다른 무엇이
있는 것일까

-「무無」 전부

에서 보듯이, 무에 다가서는 일은 허-공을 깊이 응시하며 그 비어있음의 충만함을 느끼는 일이다. 이는 마치 시의 이미지를 파악하는 것과도 통한다. 파스칼B·Pascal에게 있어 이미지란 영원을 공허로, 공허를 영원으로 만드는 숭고한 힘이다. 이러한 이미지 현상은 마치 "동양의 지혜로 말하면/가장 큰

것은 없는 것"(김현승, 『마음의 집』)과도 같다. "무無에 가장 가까운 것, 하지만 늘 존재하고 밝은 빛만을 내는 공空은 혜성"(라이얼 왓슨·박용길 옮김, 『생명 조류』)이다. 블랙 앤 화이트로서 무無는 늘 깨어있고 질문하는 자에게 주어지는 의두疑頭에 속한다. 무미無味의 미味란 말이 있듯이, 무無의 근저에는 미美가 존재한다. 그랬을 때 무는 무가 아니라 다른 유有, 참된 유가 된다. 무의 이해는 순간순간의 변화에 일희일비하지 않으며, 무엇보다 강물이 흐른다는 것의 온전한 의미를 느끼는 것이다. 변화와 지속의 차이와 동일성을 파악하는 것이다. 무는 "순수 지속으로서 생명이 흐름을 파악하는 직관을 통해서 이해된다"(한상우, 『베르그송 읽기』). 변화와 지속은 단절된 국면이 아니라 변화의 지속, 지속의 변화로서 이어져 있는 셈이다. 이는 마치 바다와 파도에 비견되기도 한다. 둘은 물을 기반으로 하며, 파도가 변화의 속성을 갖는다면 바다는 지속의 측면을 갖는다. 파도가 우리의 삶이자 순간이며 차이를 생성하는 것이라면, 바다는 죽음이자 영원이며 동일성을 유지한다.

흔적들, 바람 같은

삶과 꿈, 고통과 사랑은 유영희 시의 두 축이다. 시인이자 화가인 "나는 지금 어디를 향하여 가고 있는가"(「25시」). 가슴 속 "저 깊은 곳으로부터 들려오는 소리"(「만유인력」)는 무엇인가? 유영희의 시는 아프다. 그 아픔과 문지방처럼 찢음의 예술은 고통과 사랑, 현실과 환영幻影, 삶과 꿈, 유와 무를 넘나

들며 서로 잇기 위함이다. 파도 같은, 바람 같은 업(業, karma)으로서 그녀의 시는, 예술은 적막 위에 핀 바람꽃으로서 스스로의 상처를 확인하고 치유한다. 더러 미숙한(?) 소품 같기도 하고, 잠언 같기도 한 유영희의 시는 서정시의 기본 문법에 충실하기 보다는 시어와 시구, 행간 사이의 비약이 심해 마치 초현실주의 그림을 보는 듯하다. 딴은 화두話頭나 활구活口, 격외어格外語를 대하는 것처럼 느껴지기도 한다. 이는 시와 예술을 아우르는 유영희 만의 고유한 내면의 빛이고 색이며, 향기이고 목소리다. 그녀는 우주를 유영하는 자유인이다. 혼불이다. 하여 바람이 고향이다. "한세상 살기(가)/저녁 들판을 울리는/소울음 같은 것"(「삶의 길목에서」)이라면, 육자 진언 '옴마니반메훔唵麼抳鉢銘吽'은 우주의 소리 '옴唵'에서 시작해 소울음 '훔吽'자로 끝이 난다. 울음이 울림으로 화하는 순간이다. 글을 마무리하며 방 한 켠에 걸려 있는 유영희 그림〈안개〉를 바라본다. 한치 앞을 내다볼 수 없는 안개 같은 삶이지만, 귀한 첫 시집 『적막 위에 핀 바람꽃』으로 유영희의 꿈은 이제 새로운 시와 예술의 탄생, 그 길을 무소의 뿔처럼 홀로 가는 데 있다.

BLACKHOLE 15호F Mixed Media 2019

모정 100호F Oil on Canvas 2007

그저 멍하니 100호F Oil on Canvas 2013

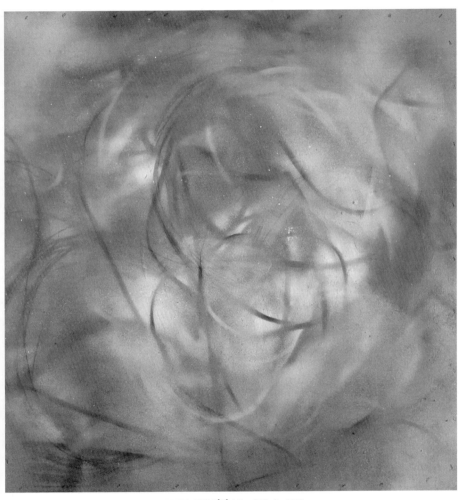

MYLIFE 20호정방 Mixed Media 2019

적막 위에 핀 바람꽃

유영희 지음

발 행 처 · 도서출판 청어
발 행 인 · 이영철
영   업 · 이동호
홍   보 · 천성래
기   획 · 남기환
편   집 · 방세화
디 자 인 · 이수빈 | 김영은
제작이사 · 공병한
인   쇄 · 두리터

등   록 · 1999년 5월 3일
(제321-3210000251001999000063호)

1판 1쇄 발행 · 2021년 2월 26일

주소 · 서울특별시 서초구 남부순환로 364길 8-15 동일빌딩 2층
대표전화 · 02-586-0477
팩시밀리 · 0303-0942-0478

홈페이지 · www.chungeobook.com
E-mail · ppi20@hanmail.net
ISBN · 979-11-5860-929-0(03810)